JN000941

ハルカと月の王子さま

鈴木おさむ 作　伊豆見香苗 絵

思い出すなー。
今から16年前、福岡の繁華街、
天神の雑貨屋「ファイン」の棚の一番奥でさ、
ほこりをかぶっている僕をさ、
遥が見つけてくれたんだ。

遥は14歳、中学2年生だった。
友達と3人で天神に遊びに来ていて、
たまたま入ったあの店で僕を見つけてくれたんだ。
僕はあの店に置かれてから5年以上、
誰にも買われることがなかった。
最初は戸棚の一番前にいたんだよ。
だけどさ、誰も僕を見て
「このマグカップ、いいじゃ〜ん」
とは言ってくれなかったんだ。

僕のボディーには
「星の王子さま」みたいな
イラストが描かれているでしょ。

正確には
「星の王子さま」じゃなく、
「月の王子さま」なんだよな。
星の王子さまとは微妙に違う。
月の上に乗っている王子さま。

月も星の一つだから正確に言えば
「星の王子さま」なんだけどね。
月はさ、地球から一番近い星だよね。
地球の周りを衛星として
ずっと近くで回っている。
僕を作った人が、僕を月にしたのは、
僕を手に取ってくれた人の一番近くで見守っている。
そんなマグカップにしたくて、月にしたらしいんだ。

そんな作者の気持ちは誰にも分らないからさ、

「星の王子さま」と微妙に違う感が出てる僕を見てさ、

「なに、これ、星の王子さまの偽物じゃ〜〜ん」

とか笑って、誰も買ってくれなくて、
どんどん棚の奥の方に追いやられちゃったんだ。

しかも僕の体はさ、陶器でできてるからさ、
ちょっと、いや、結構重いよね。
落ち方によっては簡単に割れちゃう。
僕の周りにいた、かわいいイラストが描いてあって、
割れないマグカップの方がどんどん売れていってさ、
僕は売れ残っていったんだ。
お店のおばあちゃんがさ、ある日僕を見てさ
「お前は本当に人気のない子だね」って。
あの言葉はヘコんだな～。自分では分かっていたけど、
人気ないんだな～って実感したよ。
お店の棚は決まった数のものしか置けないからさ、
あともうちょっと売れ残ってたら、廃棄されてたと思う。
正直、もう諦めていたし、
自分の人気のなさに腐っていたんだ。
そんな僕をさ、遥は、棚の奥から見つけてくれた。

「これ、好きかも」って。

横にいた友達は「遥のセンスって、変わってるね」って言ったけどさ、
遥は僕のボディーをしっかり持ってさ、
「これ、月の上に乗ってる王子さまだよ。なんか、おもしろい」
って笑ってくれたよね。

かわいいじゃなくて、おもしろい。
遥はそう言った。
そうか。僕はおもしろいのか。
その時初めて気づけたよ。

遥は本当に僕を買ってくれたんだ。
めちゃくちゃ嬉しかったよ。
飛び跳ねて喜びたかった。
飛び跳ねて落ちたら割れちゃうけど、
もうそのくらいの嬉しさ。
ついに、ついに、僕を買ってくれる人が出てきた。

遥が初めて僕を見て、
ニコッて笑ってくれた時のあの笑顔、忘れないよ。
「おもしろい」って言った言葉、忘れないよ。
こんな僕を買ってくれたんだから、何がなんでも、
遥の為に役に立ってやるって勝手に約束したんだよ。
ちょっとやそっとじゃ割れないぞって。

遥はさ、
僕を家に連れて行ってくれてから、
僕に色んなものを入れて飲んで、
大切にしてくれたよね。

大好きなリンゴジュースを
入れて飲んでくれたり。
朝と夜の歯磨きの時にも
僕に水を入れて使ってくれたんだ。

遥の家に来て1年くらいたってさ、
遥は僕に大好きなリンゴジュースを
入れて飲むのをやめたんだ。
遥が15歳、中学3年になって、
毎日遅くまで受験勉強する時はさ、
僕に温かいお茶を入れて、勉強した。
あの時は、お茶が冷めないように、
僕も根性出して、頑張ってたんだよ。
「冷ましてたまるかーーー」って。

あの時、遥は頑張ったよなー。
毎日勉強してさ、絶対に無理だって言われてた高校に受かって。
合格が分かった日、遥と家族でみんなで合格祝いをして、
遥は合格するまで飲まないって決めてた
リンゴジュースを僕に入れてさ、飲んだんだ。
あの時さ、僕を見てお父さんとお母さんに言ったよね。

「この王子さまが一緒に頑張ってくれたから
受かったんだよ」

あの時さ、
嬉しかったよ。
泣きそうだったよ。
でもせっかくのリンゴジュースが
薄まらないように
涙をこらえたんだよ。

「遥、おめでとう！」

って言って、
僕を持つ遥の親指を抱きしめていたよ。

高校になってからもさ、遥は僕を大切にしてくれたよね。
家に帰ってくると毎日、僕に飲み物を入れて飲んでくれたよね。
ダイエットするんだって言って、
大好きなリンゴジュースを減らした時もあったよね。
正直ね、遥の家に来てから1年くらいしたら、捨てられるかと思ってた。
1年いられたらいいと思ってたよ。
だけどさ遥は僕のことを大切に使ってくれたんだ。

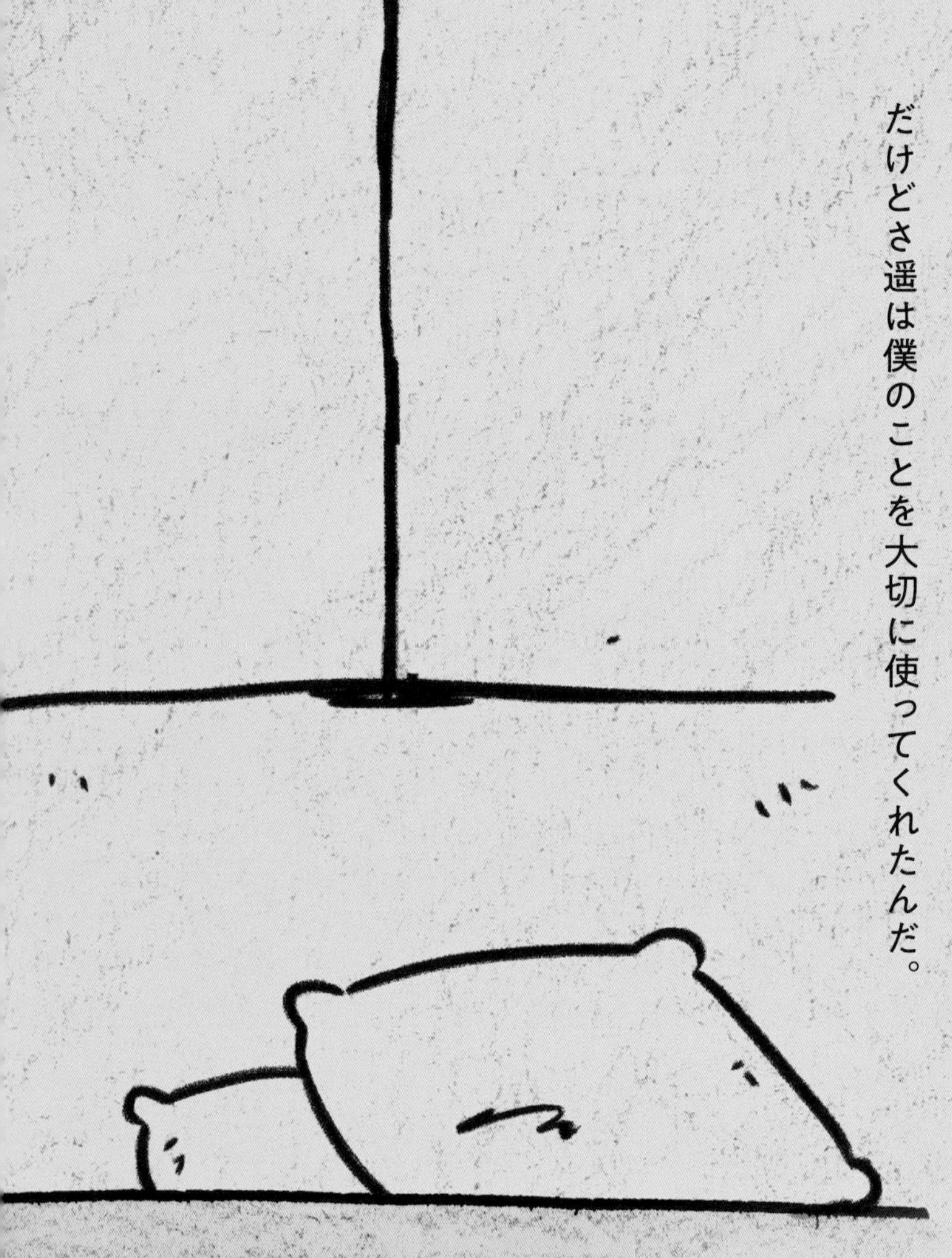

遥のことを
近くで見守っていられるのが
とても幸せだったよ。

遥が高2の時にさ、
僕にリンゴジュースを入れて
自分の部屋に行ってさ、
なんか嬉しそうに電話してるの聞いてさ、
分かったよ。

「あ、好きな人ができたんだ」って。

ちょっと嫉妬もしたよ。
だけど、それ以上に嬉しかったなー。
遥が恋をしたんだって分かって。

高校３年になって、
遥は大学に行くことを決めて、
また、毎日僕にお茶を入れて飲みながら、
勉強をしたよね。

毎日夜中の３時まで。
僕なりに毎日、エールを送ったんだよ。
「遥、頑張れ！」
「遥、ファイトだ！」

やっぱり遥は凄い。根性あると思った。
見事に大学に受かってさ、東京へ行くことになって。
遥を祝福したよ。でも、それと同時にさ、お別れだと思った。
遥は東京に行くんだから。
祝福と同時に寂しい気持ちにも
なったのが本音かな。

だけどさ、遥は、僕のことを東京に連れて行ってくれたよね。
まさか一緒に連れて行ってくれるとは思わなかったよ。
絶対実家に置いていくと思ったよ。
でも、連れて行ってくれた。遥の新たな旅立ちの仲間に僕を入れてくれた。
だからあの時、東京に行っても遥を絶対に守るぞって決めたんだ。
あんまり役に立たない王子さまかもしれないけれど、
僕なりに遥を守るって。応援するぞって。

東京の三軒茶屋にある
小さなマンション。
あそこで、遥は大学生として
一人暮らしを始めたよね。

やっぱりさ、
東京に来てしばらくは寂しがってたよねー。
そりゃそうだよね。
いきなり家族と離れて一人暮らししてさ。
慣れない街で、
すぐに友達ができたわけでもないし。

だからさ、僕なりに
遥にエールを送ってたつもりだった。
「遥、一人じゃない！　僕がついてるよ」
って。

あの声はさ、遥に聞こえてたかな。
きっと聞こえてたよね。
家で寂しそうな時にもさ、
遥は僕にリンゴジュースを入れて飲んだあとにさ、
僕を見て笑ってくれたもんね。

だからさ、
絶対に僕の声は
届いてるんだって信じてた。

寂しそうな遥の顔は
次第に笑顔になっていったね。
遥は東京でもどんどん友達が増えていった。
東京での暮らしにも慣れていってさ、
家で寂しそうな顔をすることもなくなっていった。

それでさ、ついに。
大学2年の時に、彼氏ができたんだよね。
同じサークルの子だったね。

初めて、家に彼氏が来た時、遥がドキドキしてるの分かったよ。
あの時、僕だってめちゃくちゃドキドキしてたんだからね。
なんか僕の方が照れちゃってさ。
彼氏が家に入って来た時に
「こんにちは～」って挨拶したい気持ちだった。

遥もなんか照れててさ。
僕にリンゴジュース入れてさ、机に置いたら、
彼氏が間違って僕で飲んじゃってさ、
遥が「あ、それ私の」って。
彼が「ごめん」って言って。
そのあと遥が、
僕に入ってるリンゴジュースを飲んでさ、思ったよ。
「間接キッスじゃ～ん」って。

遥にできた初めての彼氏。
初めて見た遥の顔。
本当に人を好きになった時は
こういう顔をするんだって。

家にいてもさ、彼のことを思いながら曲を聞いててさ。
だから僕はさ、遥に幸せになってほしいって思った。

だけど半年たってさ、
彼氏にフラれちゃったんだよね。

彼氏は二股かけていてさ、しかもその浮気相手がさ、
遥の友達だったんだよな。

彼氏はさ、遥じゃなく友達を取ってさ。
友達もさ、遥に「ごめん」って謝って、
彼氏と付き合ったんだよね。
アイツと友達を同時に失ったんだよね。

遥、部屋で泣いてたね。
ずっと泣いてた。
僕は許せなかったよ。
アイツのこと、
殴ってやりたかったよ。

「遥のことを
こんなに泣かせやがって！」
って。

遥はさ、
泣いて、
泣いて、
泣きながら、
僕に水を入れてさ……
飲み干したよね。

あの時、遥に叫んだんだ。

「遥、ファイトだ!!　負けるなーーーー！」

って。

水を飲み干したら、
遥の涙が止まったんだ。

そしたら僕を見て、

「頑張るね！　王子さま」って言ったんだ。

やっぱり僕の声は
届いてたんだよね。
遥。

遥は大学を出て、銀行に就職が決まったんだ。
さすが遥だと思ったよ。
遥は真面目だからね。
就職活動の時も人一倍努力してたもんね。
三軒茶屋から仕事場の近い中野に引っ越すことになった。
さすがにさ、あの引っ越しの時は、
今度こそサヨナラだって思った。
部屋でゴミの仕分けをしている時にさ、
僕はサヨナラだって思ってた。

仕方ないって思ってた。
だけど、遥は僕を連れて行ってくれた。

中野の新しい部屋について、
荷物から僕を出してくれてさ、
「王子さま、ここが新居ですよ」
って。

遥が就職してから、
忙しい毎日を過ごすようになったよね。
朝早くて夜も遅かった。
家に帰って来るとさ、
メイクも落とさずに
疲れて寝ちゃう時が
多かったよね。
僕はよく言ってたよ。
「遥ーーー、
お疲れ様ーーー。
よく寝るんだよーーーー」
って。

遥はどんどん
大人になっていったね。
家で今まで以上に
沢山の遥を
見ることができたよ。

遥が笑ってる姿、
泣いてる姿、
怒ってる姿、
悔しがってる姿、
沢山沢山見てきたよ。

遥が笑えば僕も笑うし、
遥が怒ったら一緒に怒るし、
遥が泣いたら僕も悲しい気持ちになる。
だけど励ましたくなる。
そしてまた笑う。

28歳の時だったよね。
遥が心から好きになった彼氏を
家に連れて来たよね。
タケル君。
仕事で知り合った2つ年上の彼。

初めてタケル君を見た時にさ、思ったよ。

「こいつはいいね！」

って。

そしたらさ……遥が30歳の時に結婚したよね。

タケル君はさ、初めて家に来た時に、僕を見て言ったんだよ。

「随分長く使ってる？」

って。

そしたら遥はさ、

「うん。中学の頃から。私の彼氏みたいなもんなんだ」

って言ってさ。

それ聞いてさ、僕は思ったよ。

「やめろよ〜〜〜」

って。

だけどさ、なんかさ、嬉しかったよ。

それ聞いたタケル君がさ、
「じゃあ、
俺も負けないように
頑張らないとな」
って言ってさ、
遥にさ、
チュッてキスしたよね。
なんだよ～～～、
嫉妬～～～。

だけどさ、
やっぱり遥がさ、
嬉しそうにしてる顔見たらさ、僕も嬉しかったよ。
遥の喜びがさ、僕の喜びなんだよ。

結婚式の日。
遥は自分が座る席の前に、
僕のことを置いてくれたよね。
リンゴジュースを入れて飲んでくれて。
タケル君と手を
握り合って
ケーキに入刀した時……
僕は大きな声で叫んだよ。
「遥、結婚おめでとーーーーーーー!」

結婚して、遥は妻になった。
新居に引っ越しても、また僕のことを連れて行ってくれた。

ありがとう。
遥。
こうなったら、遥を死ぬまで守るよ。
そう誓ったんだ。

遥とタケル君は結婚して夫婦になった。
家族になった。
遥の顔は結婚してからどんどん変わっていった。
遥が本当にタケル君のことを愛してるのが分かったよ。
心から愛する人ができたんだって思えたら、なんだか、
ホッとする自分がいたんだ。
愛する人ができるってこんなにも素敵なことなんだって。
遥もタケル君もさ、新しい命を授かることを願ってたよね。
子供ができることを。

そしたらさ、結婚して1年たってさ、
遥の体に新しい命が宿ったんだよね。

家にタケル君が帰ってきてさ、遥が、

「赤ちゃんできたんだ」

って言った時にさ、タケル君も喜んだよ。
ジャンプして喜んでた。
僕もタケル君と同じくらい嬉しかったよ。
めちゃくちゃ嬉しかった。

あの日、家でさ、遥とタケル君はお祝いしたよね。
タケル君が遥の大好きな焼き肉屋さんのお弁当を買って来て。
遥は僕にリンゴジュースを入れて、タケル君はグラスにビールを入れて乾杯した。
僕も一緒にお祝いしたんだよ。
遥の親指を抱きしめてさ。
「やったねーーーー、遥ーーーーー」
って叫んだよ。
タケル君は、
遥のお腹の子に
呼び掛けてたよね。
「元気に生まれて
来てくれよーーー」って。
遥もお腹をさすってさ。
「ママだよーーーー」って。
僕も遥のお腹の子に言ったよ。
「待ってるぞーー」って。

幸せな瞬間だった。

でもさ。
現実は残酷だ。
悲しいことは誰の身にも起きる可能性がある。

2週間後にさ、
遥が泣きながら家に帰ってきてさ。
タケル君は仕事でいなくてさ、
遥がずっと泣いてて、
僕はさ、

「何があったんだろう?」

って心配になって。

そしたらタケル君から
遥に電話があってさ、
遥がさ、涙をこらえながらさ、
タケル君に言ったよね。

「さっき病院行ったらね、
赤ちゃん残念なことになってたんだ」
って。

涙を必死にこらえて。
だけど、
遥は我慢できずに
涙が出てさ。

「ごめんね……」
って言って

電話、切ったんだ。

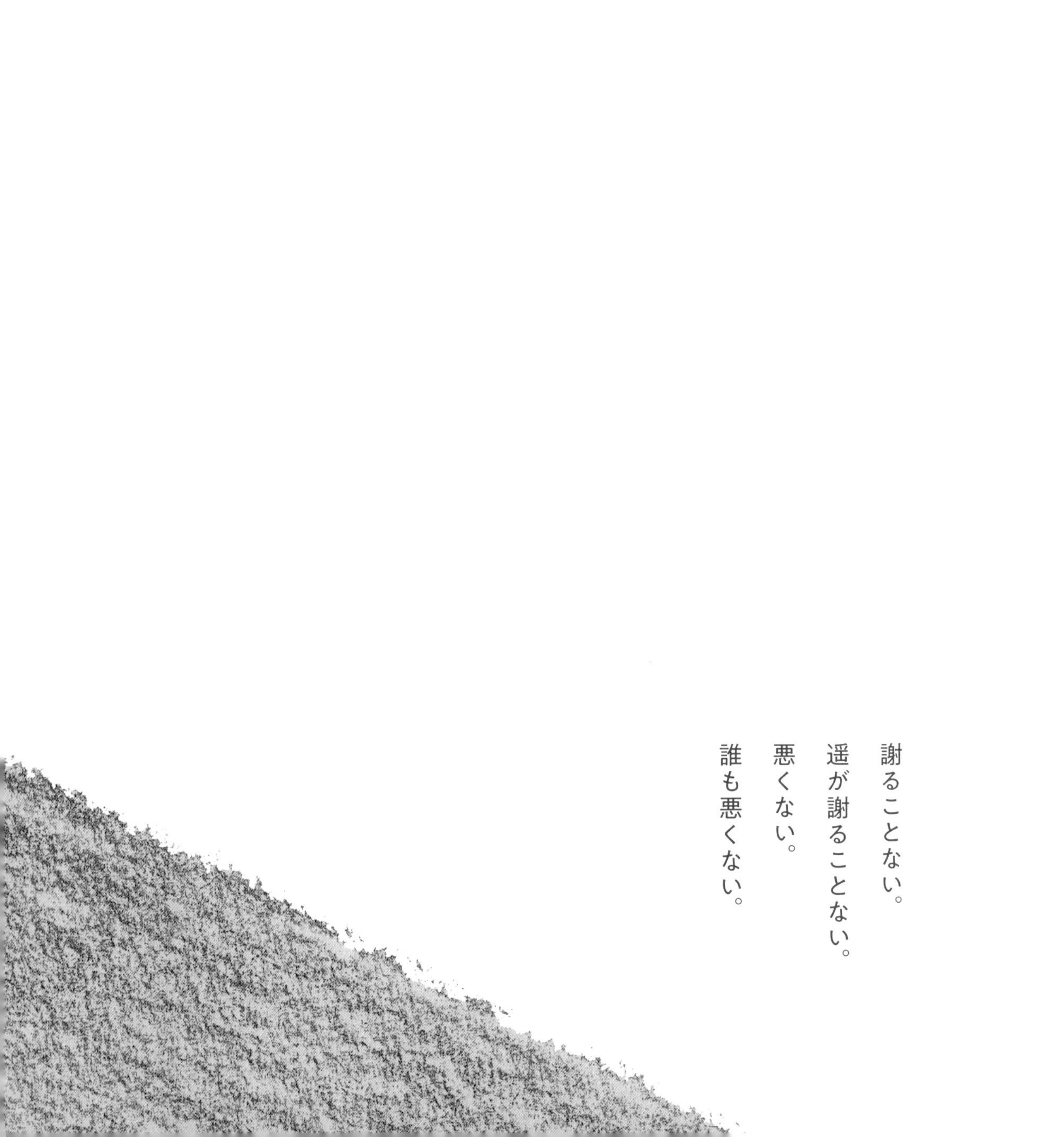

謝ることない。
遥が謝ることない。
悪くない。
誰も悪くない。

遥は電話を切ってさ、
声を出して泣いて、
泣いて、泣いて、
泣き崩れて。

僕は悔しかったよ。
何もできない自分が。

よりによってさ、
遥にこんなことすることないじゃないか。
「神様、バカヤロ―――――――――」

人生で一番の悲しみに押しつぶされそうな遥を
ただ見守ることしかできない。

遥はソファーの上で泣いて、
泣いて、
泣き疲れて、
そのまま寝たよね。

寝て起きて、
また泣いたら……

キッチンに来て、泣きながら僕を取ったんだ。

そして水道の蛇口をひねって、僕に水を入れて、
ゆっくり飲んだんだ。

だから僕は遥の親指を抱きしめながら
全力で遥に叫んだ。

「遥――――！
ファイトだ――――！
ファイトだ――――！
ファイトだ――――！
遥は悪くない。
っていうか誰も悪くない。
今回、残念なことになっちゃった遥のお腹の子供は、
一度お空に上がるけど、
いつか、また、
絶対に遥の所に来てくれるから。
だから、
頑張れ、頑張れ、
遥、頑張れ――――――――――！」

遥は泣きながら、
ゆっくり、
ゆっくり、
水を飲み干して。

そしたら、僕を見て、
泣き腫らした顔で、
ギュッと笑顔を作って僕に言ったんだ。

「ありがとね。王子さま」
って。

あの悲しみから1年たって。

遥の体に、再び命が宿った。

僕はさ、

「空から戻ってきてくれたんだ———」

って思ったよ。

遥のお腹に再び命が宿ってから、
僕はお腹の子供に向かっていつも話しかけてたんだ。
「もうお母さんに悲しい思いさせるなよ！
何があっても、絶対にしがみついてるんだぞ！
絶対にしがみついて、お母さんの体から生きて出てきて、
その顔を見せてあげるんだぞ。頼むぞ———」
って。
遥のお腹はどんどん大きくなっていってさ。
そして、生まれたんだ、遥とタケル君の子供。

ヒロキ。
君だよ。

遥が出産して退院して、
ヒロキが初めて家に来た時さ、
ヒロキ、僕のこと見ただろ。
僕は気づいてたよ。
僕を見て笑っただろ。

あの日から家族が一人増えて。
遥とタケル君とヒロキと。

ヒロキが生まれてから
遥は大変そうだったけど、
とにかく幸せそうだった。
人間って凄いよな。
凄いスピードで成長していくんだな。
ハイハイするようになったと思ったら、
立つようになって、
そしたら歩くようになって、
話すようになって。

ヒロキはさ、
僕を見ると笑ってたよね。
なんかさ、勝手に僕は
ヒロキに友情感じちゃってたけど。
遥はたまに、僕にリンゴジュースを入れて
ヒロキに飲ませるようになったよね。

そしてさ。

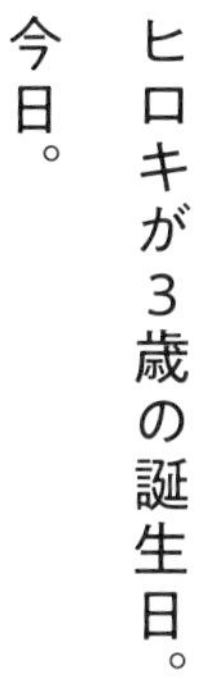

ヒロキが3歳の誕生日。
今日。

ヒロキがソファーの上にいてさ、
リンゴジュースを入れた僕を
両手で掴んで飲んでくれていたんだ。

だけどさ、ヒロキは悪くない。
僕の体がちょっと重かったから
いけないいんだ。

ヒロキが僕を持ったまま
立とうとしたらさ、
体勢崩してさ、
ソファーから落ちそうになったんだ。
僕を持ったままだと、ヒロキが頭から落ちちゃう。
そう思ったからさ、
僕は全身の力を振り絞ってヒロキから離れたんだ。

「ヒロキ、僕を離すんだ――――――――――――!!」

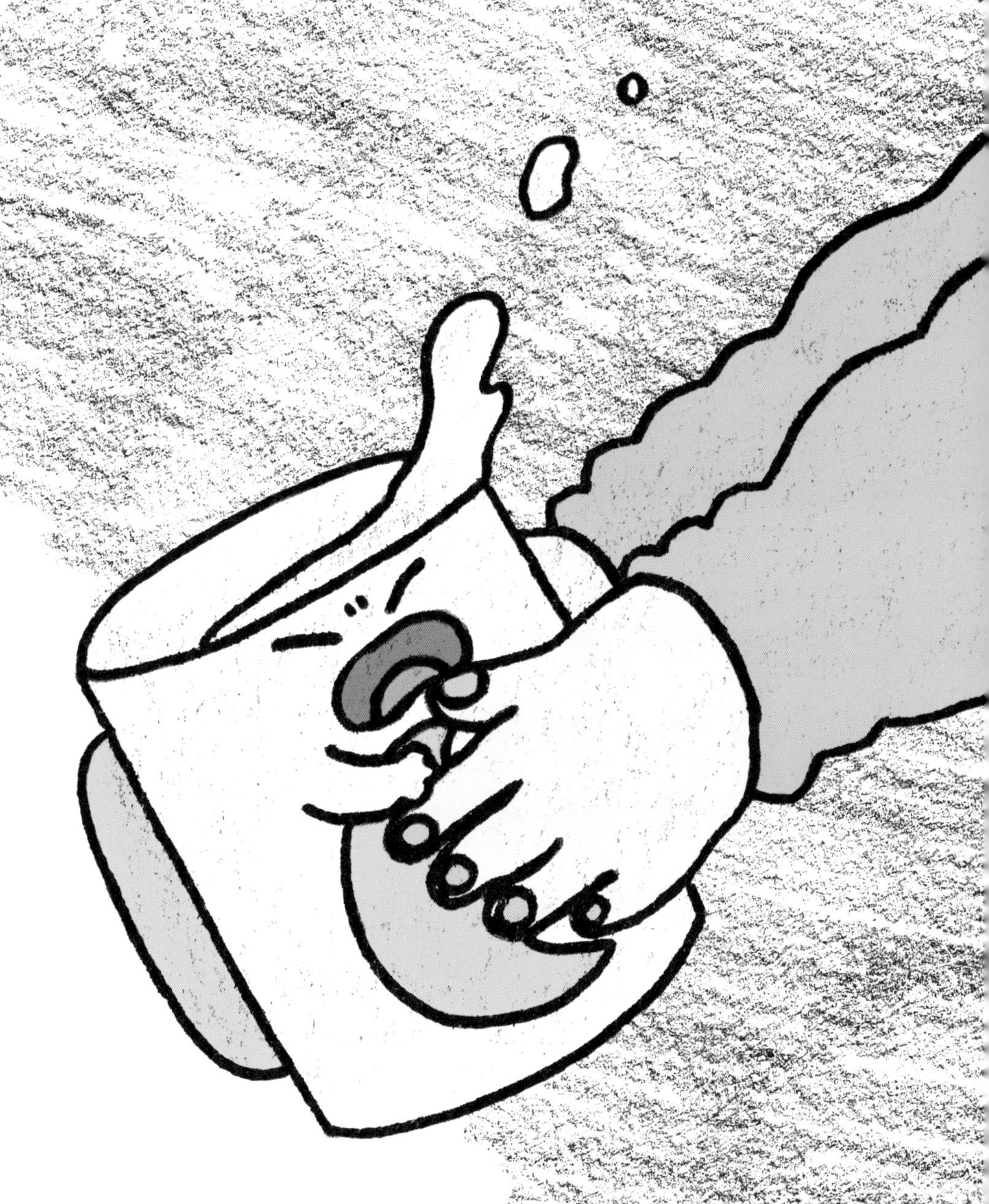

ヒロキはソファーから落ちた。
だけど、足からだった。
ヒロキは床に転がってさ、
遥はヒロキの元に駆け寄って、

「大丈夫？」

ってヒロキを抱きしめたんだ。

怪我はなかったみたいだ。

良かった……

良かったよ……

遥の大切なものを守れたんだから。

頼りない王子さまがさ、

最後はちょっとだけ

王子さまらしいことができた。

でもさ、ヒロキはさ、

怪我はないけどさ、泣いたんだ。

僕を見て。

ヒロキの手から離れて

床に落ちた僕の体は、

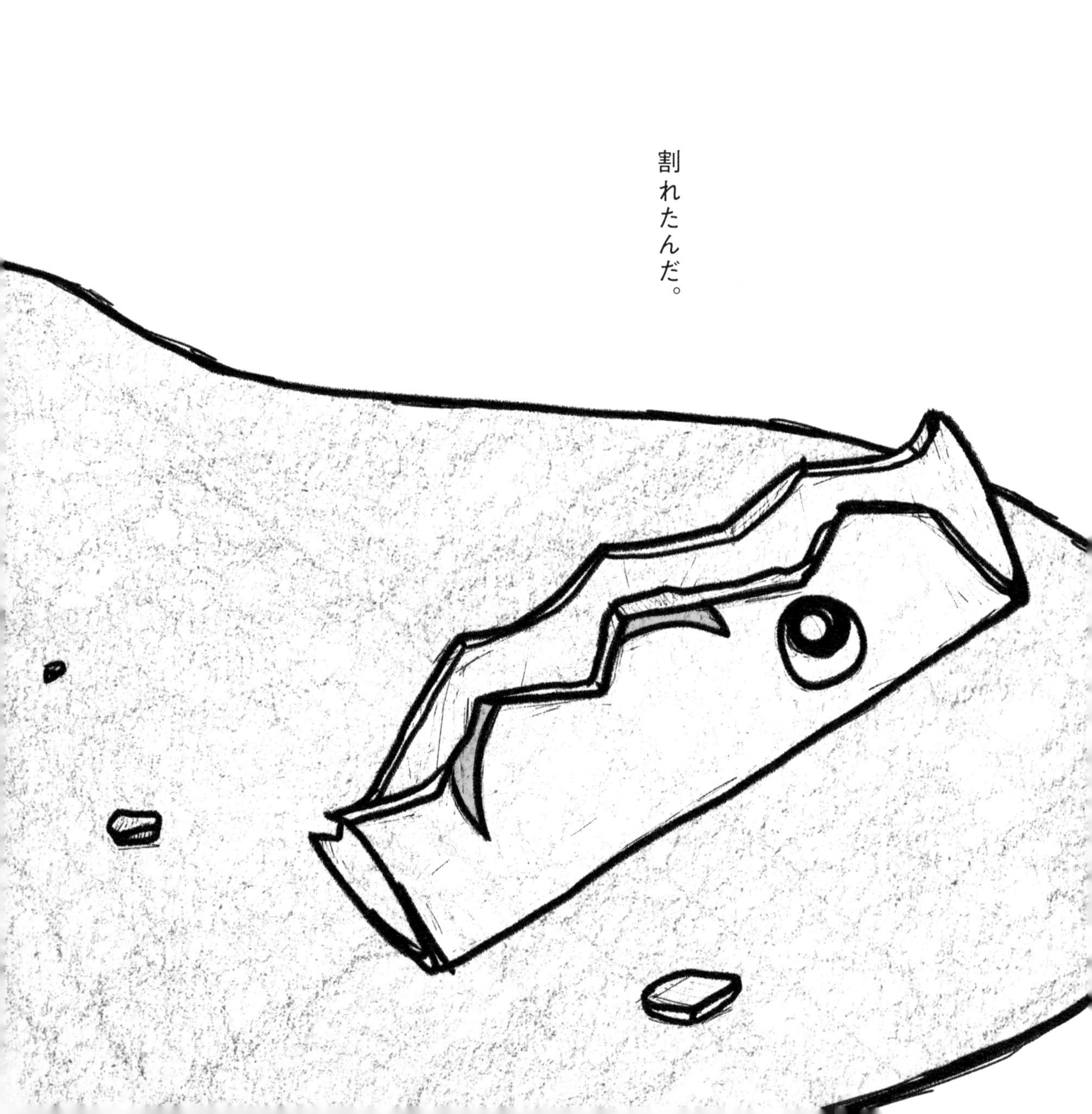
割れたんだ。

真ん中から真っ二つに割れた。
取っ手のところも取れて。
フチの一部は粉々になった。

ヒロキは
割れた僕の体を見て
泣いたんだよね。
「こわれちゃった」って言って。
遥も、僕の割れた体を拾いながら
涙をこぼしたんだ。
遥の涙を見て、ヒロキも割れた僕の体を拾おうとした。

そしたら、
遥はヒロキの手を取って、言ったんだ。

「危ないから触っちゃダメ」

遥、いいんだよ。
それでいい。
遥はお母さんなんだから。

君が今、一番守るべきなのは、
ヒロキなんだ。
それでいい。

命をかけても
守るべきものができるっていうのは、
人生でとても素敵なことだ。

ヒロキは、「ママ、ごめん」って泣きながら謝ったんだ。
だからヒロキに叫んだ。
「ヒロキーー！
泣かなくていい。
泣いちゃダメだ！」

ヒロキ！
僕はね、君のママが、
遥が14歳の時に出会って、これまで大切にしてくれたんだ。
中学生だったママが、高校生になって大学生になって、
パパのタケル君と出会って、愛することに気づいて。
そんな姿をね、ずっとずっと横で見ることができた。
勝手に、君のママをね、守ってきたつもりだった。

そんな君のママにはね、今、
自分の命よりも大切なものがある。

君だよ、ヒロキ。
だからね。もう大丈夫だ。
僕がいなくても、大丈夫。

ヒロキ、君がいるからだ。

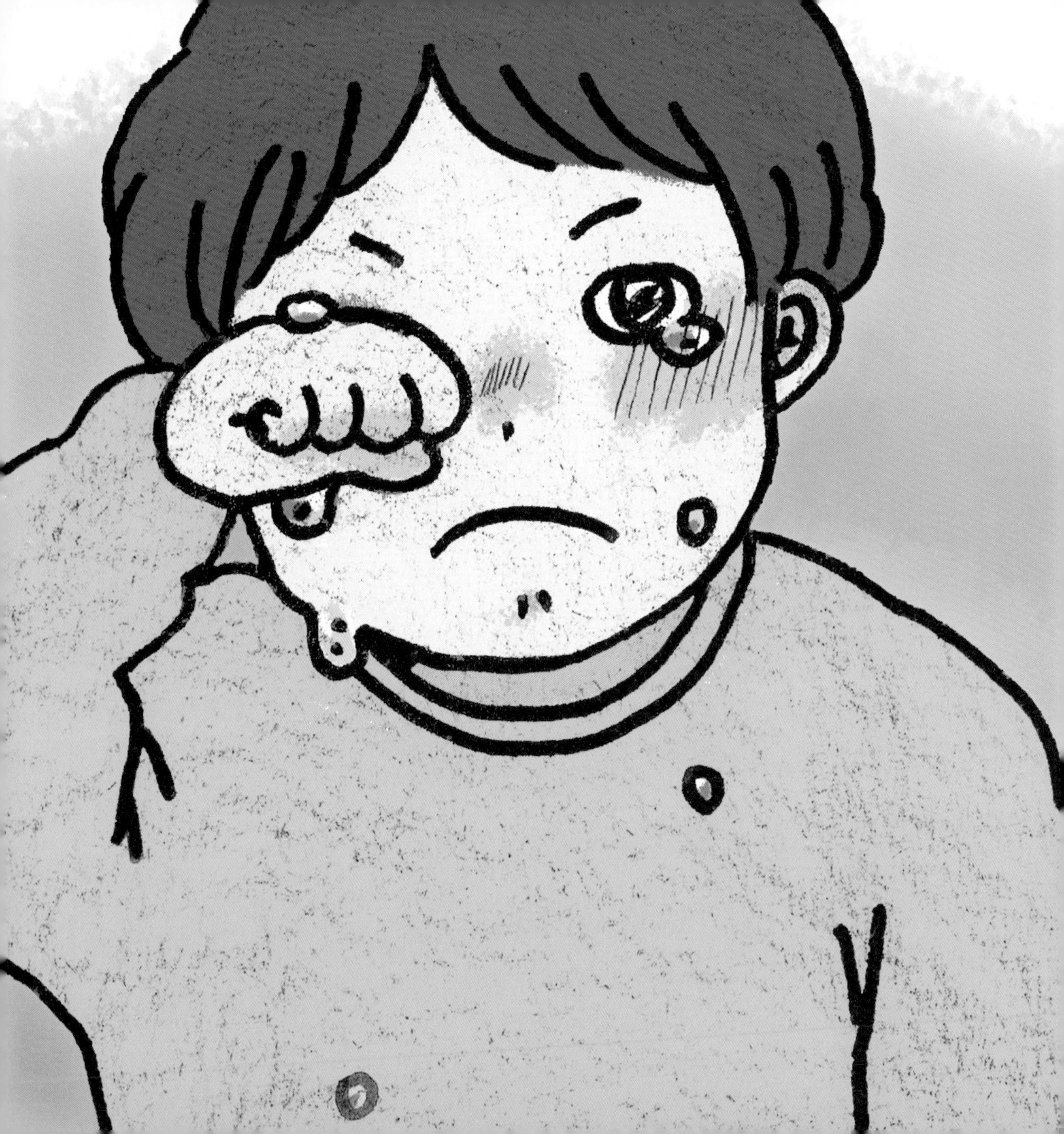

ヒロキ、頼んだぞ。
これからママの横で
ママのことを守ってやるんだ。
一緒に笑って、
一緒に泣いて、
一緒に怒って、
また、一緒に笑って。

僕の代わりにママのことを
ずっとずっとずっと
守ってあげてくれよな。

そして。
遥、泣かないで。
遥。
遥。
遥……

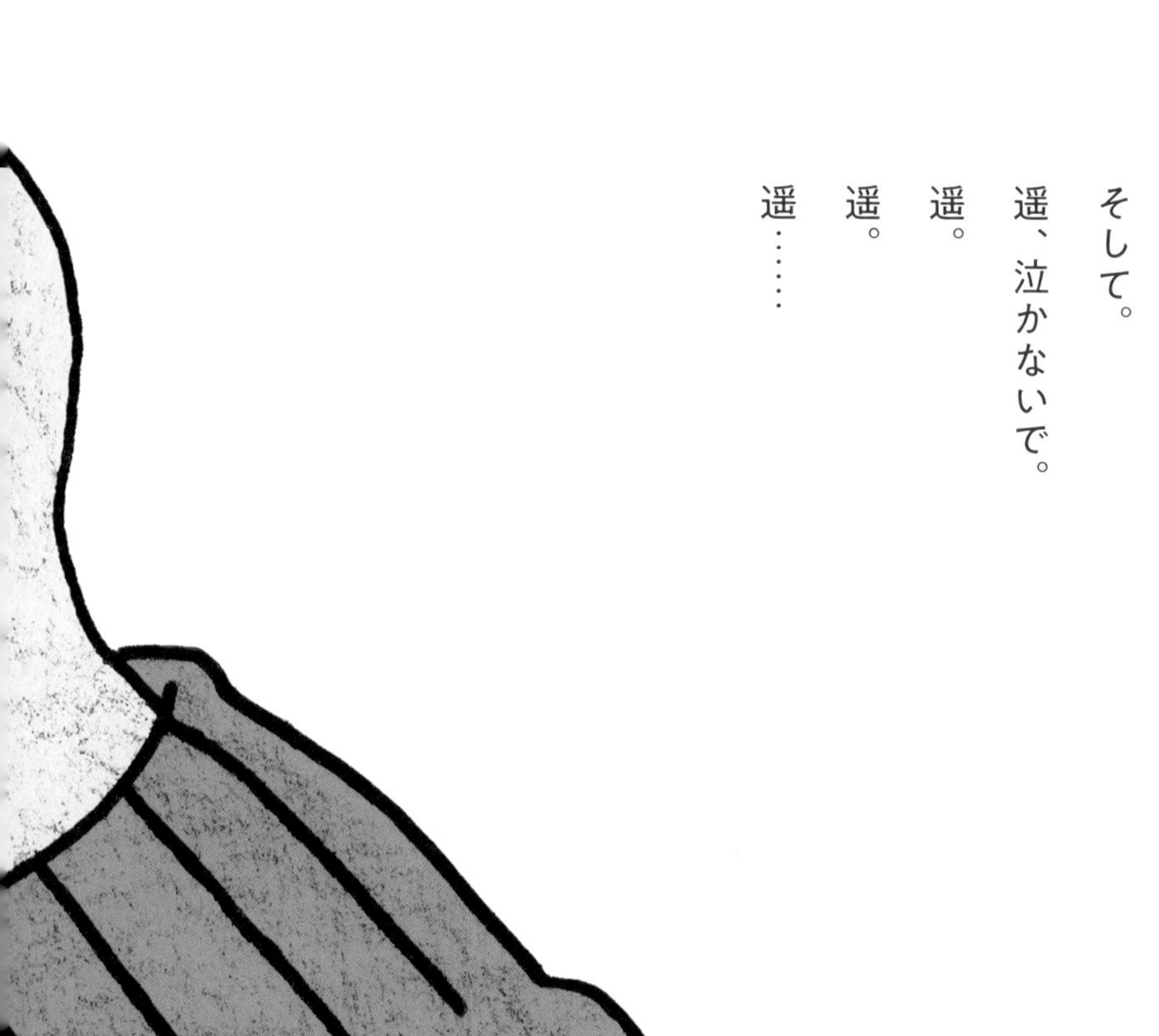

あの日、
雑貨屋で僕を拾ってくれてありがとう。
ほこりをかぶった僕を
見つけてくれてありがとう。

遥の幸せが僕の幸せだから。
沢山の幸せを分けてくれてありがとう。

バイバイ。

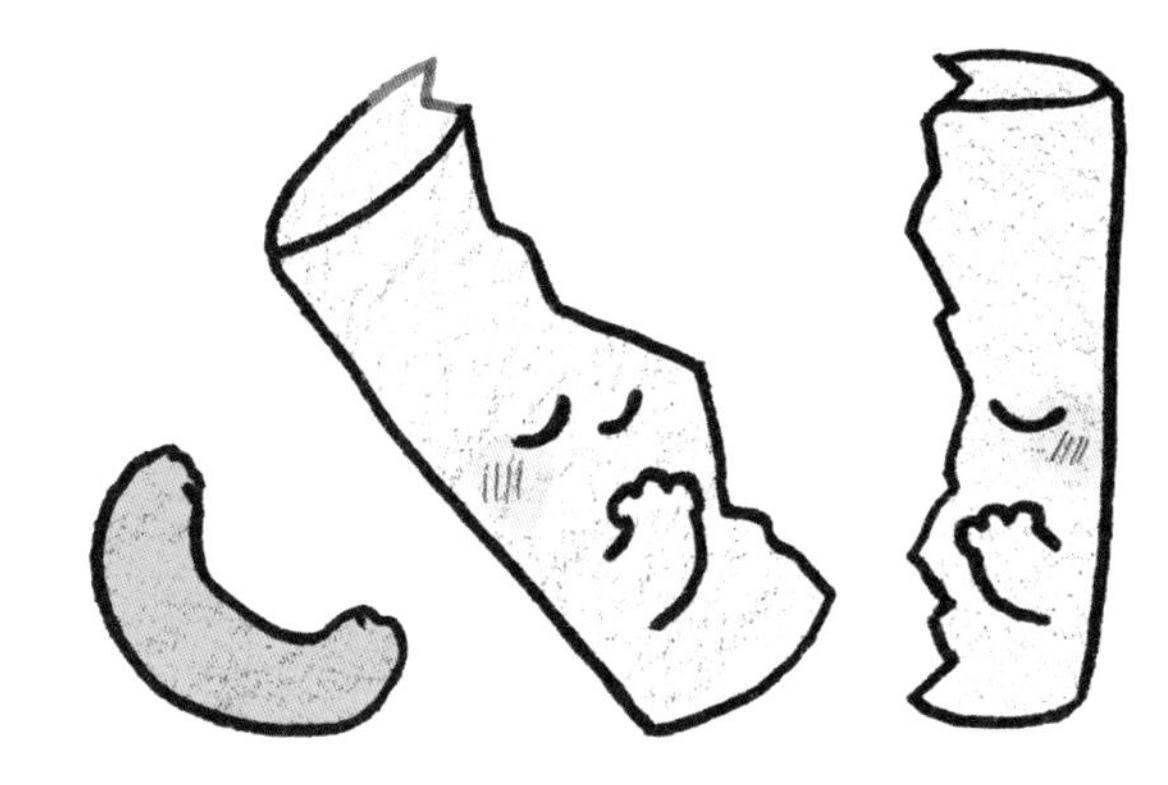

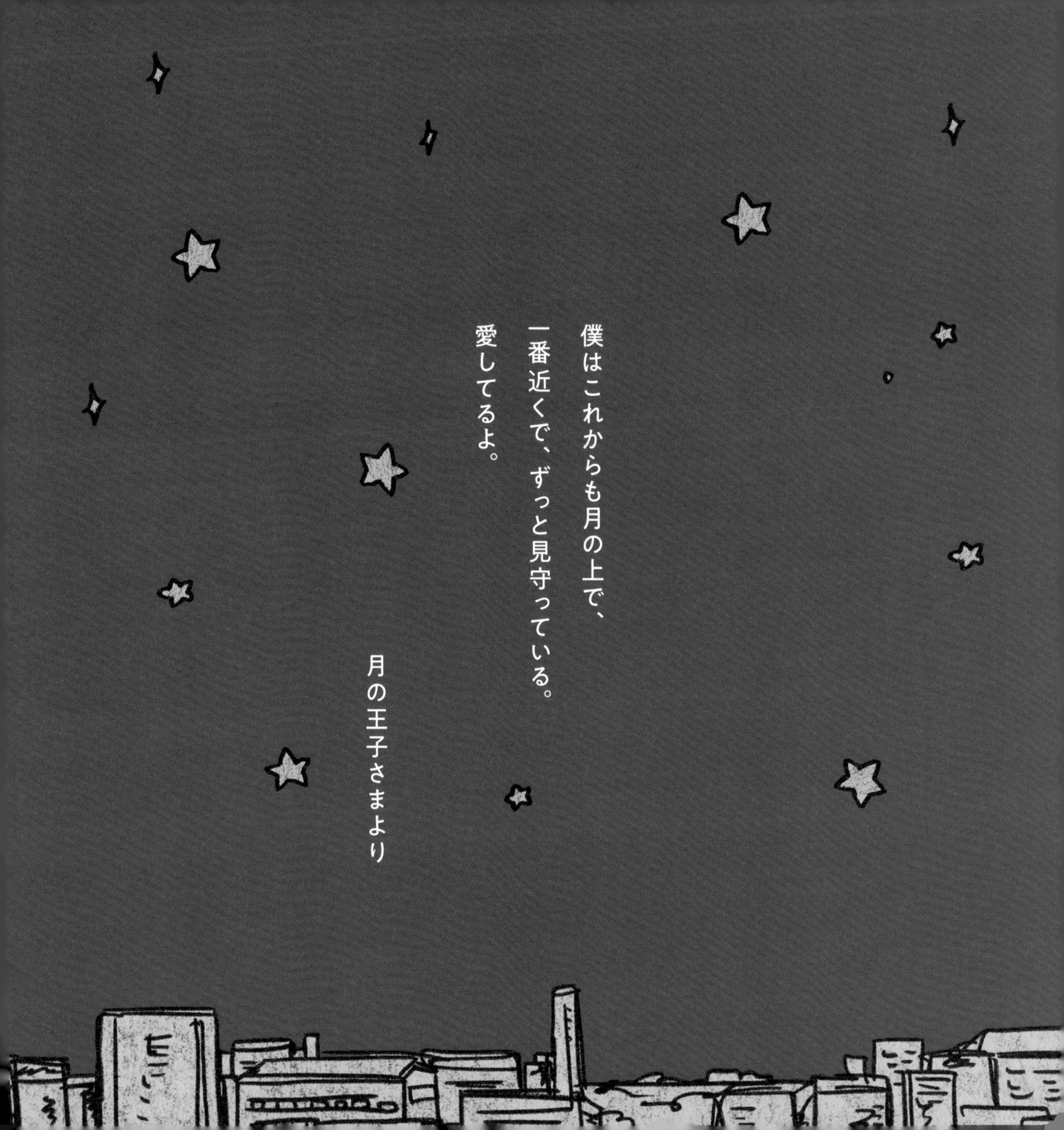
僕はこれからも月の上で、
一番近くで、ずっと見守っている。
愛してるよ。
月の王子さまより

ハルカと月の王子さま

2021年2月21日　第1刷発行
2023年8月 4 日　第2刷発行

作　鈴木(すずき)おさむ

絵　伊豆見香苗(いずみかなえ)

発行者　島野浩二

発行所　株式会社双葉社
〒162-8540　東京都新宿区東五軒町3番28号
電話 03-5261-4818(営業)　電話 03-5261-4835(編集)
https://www.futabasha.co.jp/　双葉社の書籍、コミック、ムックが買えます

装　幀　bookwall

印刷所・製本所　大日本印刷株式会社

[初出]　https://monogatary.com/
書籍化にあたって小説『月王子』(鈴木おさむ)に加筆修正を加えています。イラスト(伊豆見香苗)は書き下ろしとなります。
本作品はフィクションであり、登場する人物、団体名は全て架空のものです。